ERNEST DEVIN

RIMAILLAGE

D'UN

RIMAILLEUR

1876

TYPOGRAPHIE JABERT FILS A VALRÉAS (Vaucluse)

[illegible]aréas, le 14 Décembre 1876.

RIMAILLAGE

D'UN

RIMAILLEUR

ERNEST DEVIN

RIMAILLAGE

D'UN

RIMAILLEUR

LIVRE Ier

CE QUE JE VOUDRAIS

Je voudrais bien, quand les étoiles
Brillent toutes au firmament,
Le voir, ce front que tu me voiles,
Ce front si pur et si charmant.

Je voudrais bien, ma toute belle,
Mais.... non.... je crains de te blesser,
Je voudrais.... ne sois pas rebelle,
Y déposer un doux baiser.

A NOS JEUNES MARTYRS

(1870-1871)

Ils sont là sous la pierre,
Inanimés, sanglants,
Ces enfants dont la guerre
A foudroyé les rangs.

La couronne immortelle
Ceint leur tout jeune front!
Une page bien belle
Vengera leur affront.

Ennemis, vos sarcasmes
Sont lâches, vils, infâmes!
Respect à nos héros!

Puissent leurs nobles âmes,
Loin des cruelles flammes,
Goûter un doux repos!

LE MARCHAND

Un marchand, tout nouveau,
En lui-même disait :
— « Mon tout petit commerce
« Ne produit rien de beau...
« Et pourtant je veux, moi, que ma poche se perce
« Sous le poids de l'argent
« Gagné — bien entendu — sans une seule triche...
« Ainsi que le monarque, et cela sagement,
« Je veux être fort riche.
« A l'ouvrage! Marchons!
« Espérons!!!!! »

Et notre homme entama d'immenses entreprises;
Mais, son bien trop restreint,
Lui permit seulement de faire des sottises :

« *Celui qui trop embrasse a toujours mal étreint.* »

BILLET DOUX

Un beau matin, je vis sur ma ronde tablette
Un billet parfumé. Je l'ouvris sans effort
Et je lus : « Rendez-vous pour ce soir chez Lisette. »
J'en fus tout étonné, mon cœur battit bien fort.

Le soir venu, j'allai, pensif, chez la coquette;
Elle n'y parut point : — « Lui survient-il malheur,
« Pour ne venir à l'heure écrite, la pauvrette,
« Me ravir un baiser, se pencher sur mon cœur. »

L'amour s'aventurait jusqu'au fond de mon âme,
Qu'il dévorait déjà de son ardente flamme....
Et mon sang se changeait en un poison subtil....

Je ne respirais plus..... je n'avais plus d'haleine....
Relisant le billet, et se voyant à peine ,
Dans un coin j'aperçus ces mots : « Poisson d'avril. »

VOUS SOUVIENT-IL?...

Vous souvient-il, Mary, du jour, ou jeune encore,
Je m'épris d'amour pour vos yeux?
Vous descendiez du mont que le doux soleil dore
Lorsqu'il rayonne dans les cieux.

Dites, vous souvient-il d'une de ces paroles,
Qu'à mes lèvres dictait mon cœur?
Les fleurs les écoutaient et leurs fraiches corolles
Semblaient envier mon bonheur.

Vous souvient-il, enfin, vous souvient-il... je n'ose...
Non, cruelle! Il ne reste en vous la moindre chose,
Vous n'osez plus vous souvenir.

Pour suivre un imposteur, pour briller, pour paraître,
Vous avez déserté le toit qui vous vit naitre :
Ah! songez donc à l'avenir.

L'HIRONDELLE, L'ENFANT & SA MÈRE

« Hirondelle, hirondelle,
— Disait un jeune enfant —
« Pourquoi, mon Dieu, pourquoi voler à chaque instant
— « Oh ! voyons, réponds-moi ? — Elle se tait !.. Cruelle !..
« Tu ne me dis pas même un seul petit bonjour ?
« Va, va, de mon amour,
« Il ne reste en ce jour
« Plus rien, hélas ! pour toi... Fuis loin de ce séjour... »

— « Mon enfant, ta colère
« M'attriste ! Te fâcher et de cette façon,
— Lui dit sa bonne mère, —
« Mais tu n'as pas raison....
« Elle, pour ses petits, chasse et ne répond pas.
« Puisses-tu, mon cher fils, prendre exemple sur elle :
« Émile, désormais, au travail sois fidèle ;
« N'abandonne jamais ses innocents appas ;
« Dans son sentier pénètre, et, comme l'hirondelle,
« N'écoute point les cris des oisifs d'ici-bas. »

?...

Écoutez...— Grand Dieu, quel vacarme
Trouble donc ce riant séjour?
Est-ce des ris, est-ce une alarme?
Ou bien les chants d'un pur amour?

— Non!... ce sont des cris d'insolence,
Des festins, des bals, mille jeux
Qu'accouche l'infâme opulence
Dans un palais tout somptueux....

C'est un accueil à l'indécence,
C'est un affront à l'innocence
Qu'ici l'on voit tant souffleter;

C'est un mépris qu'à la misère,
— Hideuse — qui se désespère
Le mauvais riche vient jeter.

LA FEMME JOLIE & ORGUEILLEUSE

Quand elle est jeune, elle est bien belle,
Avec ses blonds cheveux et son front rayonnant,
Avec sa taille d'Immortelle,
Avec ses blanches mains et son pied si charmant.

En son œil, un feu pur pétille :
On croit, en la voyant, voir un ange des cieux....
Dans un salon, son esprit brille :
Ce ne sont que bons mots et mille faits gracieux.

Mais, elle aime beaucoup que partout on la flatte;
— D'orgueil elle est bourrée,— et puis elle se gâte,
Néglige tout, hait tout, hormis le déshonneur.

Puisses-tu, chère Adda, que ta beauté rend folle
Songer que, dans dix ans, tes attraits, mon idole,
Pour toi seront perdus, peut-être... avec... l'honneur...

LA MÉDIOCRITÉ

L'ENFANT :

Père, je veux courir le monde.
C'est bien assez
Vivre dans l'ombre.— O nuit profonde,
Pour moi cessez.

Je veux aller chercher fortune,
Places, honneurs....
Je romps le lien qui m'importune;
Plus de malheurs.

LE PÈRE :

Enfant chéri, toi que j'adore,
Écoute, hélas!
De ce monde que j'abhorre
Vite on est las.

Tout y sourit; mais vienne l'heure,
　　Tout fuit : honneur,
Emploi, fortune et l'on demeure
　　Tout déshonneur.

La médiocrité,
Plutôt que la richesse
Et que la volupté,
Nous rend heureux sans cesse.

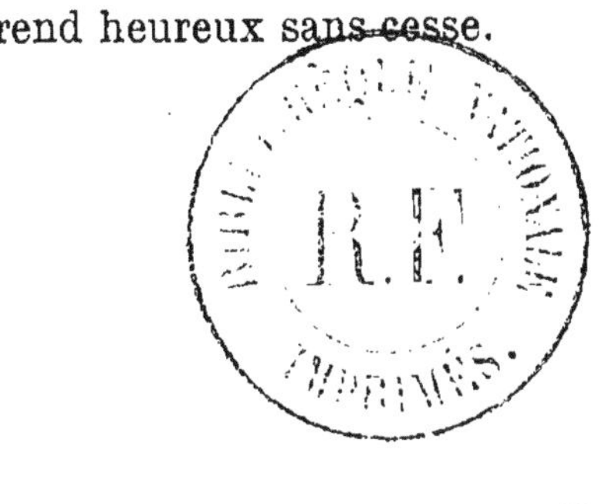

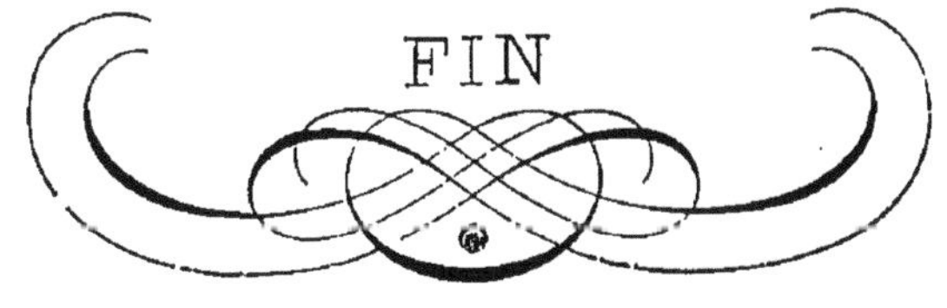

IMPRIMERIE JABERT FILS, A VALRÉAS.

www.ingramcontent.com/pod-product-compliance
Ingram Content Group UK Ltd.
Pitfield, Milton Keynes, MK11 3LW, UK
UKHW020447220726
13923UKWH00005B/2397